JULIEN SERMET

MUSE MODERNE

PARIS
PAUL OLLENDORFF, ÉDITEUR
28 BIS, RUE DE RICHELIEU

1881

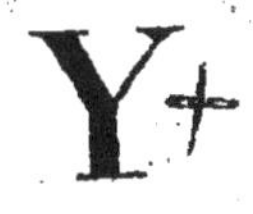

MUSE MODERNE

MUSE MODERNE

PAR

JULIEN SERMET

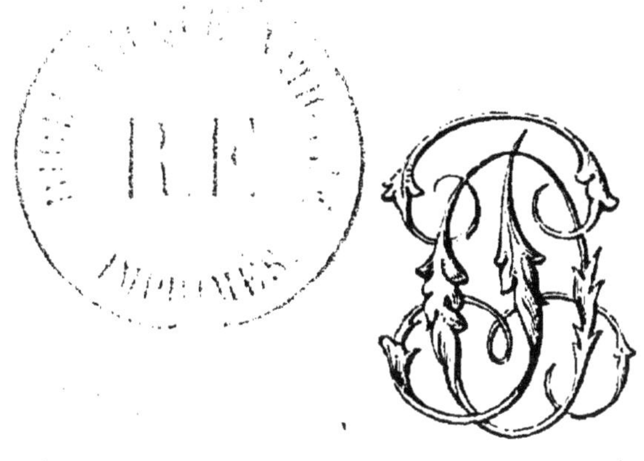

PARIS
PAUL OLLENDORFF, ÉDITEUR
28 BIS, RUE DE RICHELIEU

—

1881

MUSE MODERNE

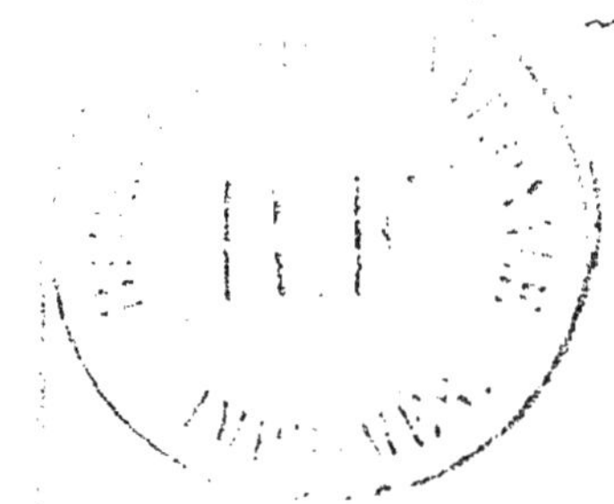

Voici ma muse, ma belle
« Fleur de riz » ;
Son vrai nom, c'est Isabelle
De Paris.

Quand le ciel est plein d'étoiles
A minuit,
Elle se couvre de voiles
Et me suit.

Alors l'adorable femme
Prend mon bras,
Et me dit, quand je m'enflamme :
« Parle bas ! »

Ma muse a sous la paupière
De l'azur,
Et son cœur n'est pas de pierre,
J'en suis sûr.

Elle aime les champs, l'espace
Et l'amour.
Auprès d'elle un an se passe
Comme un jour.

Ma « Fleur de riz, ma compagne »,
Aime un coin
Où l'on trouve la campagne,
Pas trop loin.

La maison n'a qu'un étage.
Le soleil
Vient y régner sans partage,
Au réveil.

Elle aime aller dans les granges
Se coucher ;
Elle aime à voir les mésanges
S'approcher.

Marcher à l'ombre repose :
Bien des fois
Nous allons chercher la rose
Sous les bois.

Elle aime les fruits qu'on cueille,
Même verts ;
Puis adore voir la feuille
A l'envers.

FLANERIE

A STEPHEN PICHON

Depuis quatre ou cinq jours je flâne dans Paris.
J'aime à voir, les tiédeurs du printemps revenues,
Se dérouler au loin les grandes avenues
Avec les arbres verts et les longs trottoirs gris.

Je vais au bord de l'eau, je m'informe du prix
D'un bouquin qui me plaît ; j'admire dans les rues
Les fillettes passant, aussitôt disparues.
De Paris j'aime tout, ses pavés et ses cris.

Les vitrines sont un véritable musée
Plus complet qu'aucun autre, où la foule amusée
Va follement semer ou louis ou ducats.

Flâner n'est pas du tout faire acte de paresse,
C'est être nonchalant avec art et tendresse;
Flâner, c'est le plus doux plaisir des délicats.

LA SÉPARATION

— « Si l'on nous voyait dans ces roses,
On pourrait bien penser des choses !...
La nuit vient, hélas ! pars !... vois-tu !...
Je dois rentrer... pour ma vertu.

Séparons-nous pour mille causes...
A la nuit les portes sont closes... »
— « Dieu ! qu'il est court notre impromptu ! »
— « Allons, ne sois pas si têtu ! »

— « *Alors, un bon baiser d'amante !* »
— « *Es-tu content ?* » — « *Oui, ma charmante.* »
— « *Adieu, mais à bientôt, chéri !...*

Ah ! comme tu m'as décoiffée... »
— « *Va, ne crains rien, petite fée,*
Au moins... j'ai coiffé ton mari ! »

VINGT ANS

Comme tu passes vite ! Arrête ! Elle a vingt ans !
Faucheur ! Grâce un moment ! Vois s'entr'ouvrir les roses,
Mais vois donc ! Bois et nids célèbrent le printemps...
Ah ! Problème éternel, jamais tu ne reposes !

Mais je suis déjà vieux ; vingt ans je les avais
Hier, moi ! Le lendemain est proche de la veille.
Oublions-le tous deux en nous aimant ! Les vrais
Chagrins sont effacés, qu'on aime ou qu'on sommeille.

Qu'importent l'avenir et les jours qui fuient? Viens !
Quand l'âge aura ridé nos fronts, plus de liens
Formés par les baisers!... Que tes yeux étincellent!...

Qu'on est belle à vingt ans ! Nos sens sont pleins ce soir
De désirs... viens! je t'aime... allons! viens nous asseoir...
Nul ne connaît l'amour que tes baisers recèlent.

A LA VUE D'UN ANE

A SUTTER LAUMANN

Triste déshérité, brave ânon aux poils roux,
Toi que chacun méprise et que chacun condamne,
Pour attirer ainsi sur toi tout le courroux
Des esprits malfaisants, qu'as-tu donc fait, pauvre âne?

Tu me donnes à moi des souvenirs très doux.
Tu me fais rappeler que tes pères, très crânes,
Nous portaient sous les bois jadis : folles et fous,
On suivait les sentiers aux herbes diaphanes...

Ton calme quelquefois cependant me confond.
On te bat, tu pourrais te venger; mais aucune
Injure ne t'émeut. Tu n'as pas de rancune.

Si je n'étais athée, à voir ton air profond,
Je me dirais : « Il songe à Dieu quand on l'attèle »,
Car toi peut-être aussi, tu crois l'âme immortelle!

LE CABINET DE TOILETTE

J'ai connu mercredi tes secrets, ô toilette !
Dans ce cabinet rose où j'ai vu l'attirail
Qui donne à Marcella des lèvres de corail
Et de grands sourcils noirs. Velours, natte, voilette,

Traînent sur un divan, et la chienne Follette
Joue avec le savon, la poudre et l'éventail.
On sent tout à la fois musc, ambre et violette.
Un jet d'eau brille, emperle une vasque d'émail.

Là, c'est le peignoir bleu jeté sur la commode,
Ici, c'est un ruban, et l'odeur à la mode ;
Un délicat parfum part du discret flacon

Et du petit sachet qu'on met sur la poitrine,
Sachet que l'on devrait chanter sur l'Hélicon ;
Puis sur le marbre blanc est une éponge fine.

NOCTURNE

On quitta Paris, pleins d'espoir,
Lassés de ses mille lumières !
On prit le dernier train d'Asnières.
Là-bas le chemin était noir.

Les cri-cris nous disaient bonsoir,
Cachés sous les fleurs et les pierres,
Et nous, sans fermer les paupières,
Nous avons péché sans nous voir !

Va, je sens bien que je t'adore,
Et si demain après l'aurore
Tu m'allais faire tes adieux,

J'aurais des larmes dans les yeux
En regrettant nos sept nuitées
De somnolences agitées.

SONNET

(Traduit de Camöens)

L'amoureux passereau tout joyeux lorsqu'arrive
Le soir, insoucieux, fait entendre gaiement
Sous les feuilles des bois son doux gazouillement,
Son chant d'amour anime une déserte rive.

Mais le chasseur cruel le cherche, et le voici
S'approchant à pas lents des rameaux. Dès l'aurore,
L'ardent chanteur reçoit la flèche sans merci,
Et la mort le saisit dans le nid qu'il adore.

C'est ainsi que mon cœur, à l'amour destiné,
Chantait joyeusement sans crainte et plein de flamme.
Mais qui de nous, hélas ! pour le bonheur est né ?

Un inflexible archer l'a transpercé, Madame,
A l'improviste, et pour se tenir caché mieux
Il s'était caché dans vos yeux !

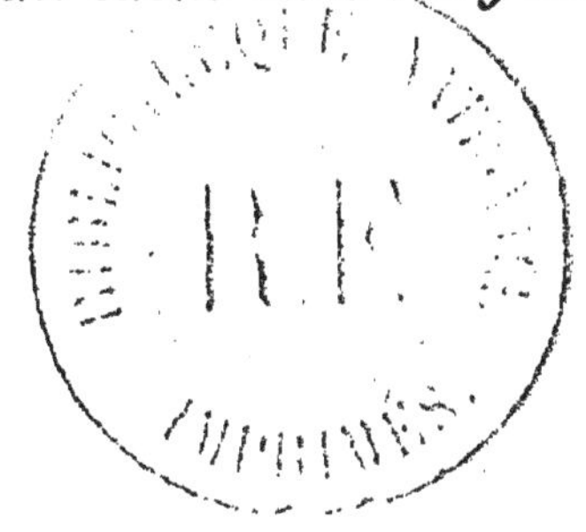

SONNET

A GUSTAVE GEFFROY

Le sourire pourrait effleurer de son aile
Ma lèvre, et je pourrais, je crois, chanter aussi.
Certes, je te parais tranquille et sans souci,
Nul regret, nul désir ne trouble ma prunelle.

Tu crois que mon bonheur toujours se renouvelle,
Et que mon horizon n'est jamais obscurci.
Tu penses, n'est-ce pas, que tout m'a réussi,
Qu'il règne dans mon âme une paix éternelle ?

Mais pour un court moment de calme et de clarté,
Peut-on croire, ô jeunesse, à la sérénité
D'un ciel peut-être sombre au bout de la journée ?

Et cette nue immense où le chaud soleil luit,
Qui sait combien d'éclairs déjà l'ont sillonnée ?
Qui sait combien elle eut de tempêtes et de bruit ?

ILLUSTRE INCONNU

A CAMILLE PELLETAN

Le temps semble passer autour de Notre-Dame
Sans atteindre ses tours. Armes, pioches ou flamme
Auprès du monument ont lui sans le ternir,
Et le géant se dresse en narguant l'avenir.

Temple qui fus rempli des croyances passées,
Maintenant pour jamais des esprits effacées,
Nous regardons en toi ce chef-d'œuvre de l'art
Où, plein d'étonnement, se fixe le regard.

Ruelle aux ruisseaux noirs ; masures pleines d'ombre
Aux pignons incorrects ; hôpital au mur sombre,
Aux funèbres cagnards que le grand soleil fuit ;
Esmeralda, Djali, truands, veilleurs de nuit...

Tout a disparu, tout, et, seul du moyen âge,
L'édifice hautain loin des débris surnage.
Et lorsqu'on le contemple, on ressent dans le cœur
L'admiration. — Qui, pensais-je, fit ce chœur ?

Ces voûtes? Et ces tours, ces majestés muettes ?
Ces profils grimaçants, étranges silhouettes,
Ces êtres fabuleux ? Qui, sur mille piliers,
Osa placer si haut des pierres par milliers ?

O titan de granit ! quel fut ton architecte ?
Quel fut ce grand génie obscur ? Je le respecte...
Mais à l'œuvre on ne sait quel nom est attaché,
Et dans l'immense oubli son auteur est couché !

SONNET

A LA MÉMOIRE D'UN AMI

Ami, ton cœur avait l'espérance profonde !
Tu m'avais dévoilé tes pensers ! Une blonde
Et chaste enfant devait un jour à toi s'unir :
Tu me parlais de Jeanne et d'un doux avenir.

Tu rêvais que tes vers seraient connus du monde,
Et que dans ta pensée une source féconde
Te donnerait la gloire et le droit de ternir
Le mensonge et l'orgueil, et ce qu'on doit punir.

Tu rêvais le bonheur pour ta patrie aimée :
Tu n'avais pas vingt ans! Par ta muse charmée,
La foule aurait rendu tes jours sombres dorés !

Tu n'avais pas vingt ans! En ton âme si pure
Tu songeais aux lauriers.... La destinée est dure:
Aujourd'hui sur ton front se penche le cyprès!

L'ABLE

A PEDRO MAILLOU

Certains jours, mon ami, la destinée accable :
Le rire que l'on a pourrait changer en pleur,
Car s'il est sur la lèvre, il ne vient pas du cœur.
Dans un rêve on est pris comme un brick dans le sable.

C'est ainsi que mardi j'étais à bonne table.
Là, tout en savourant l'excellente saveur,
D'un able cuit à point, je me sentais rêveur,
Et je songeais sans cesse au destin de cet able.

« Peut-être a-t-il mangé d'un noyé! Châtiment! »
Disais-je, en regardant un suprême fragment
Que je tenais encor de l'index et du pouce.

« Qui sait ? Peut-être aussi qu'un pêcheur désœuvré
Aux fils et descendants de ce poisson d'eau douce
Ira jeter les vers qui m'auront dévoré! »

SONNET

Qui sait si notre sort doit être douloureux !
Quel que soit l'avenir dans sa brume lointaine,
Nous penserons longtemps à la claire fontaine
Près de laquelle seuls nous allions, amoureux.

Nous penserons longtemps aux cirrus vaporeux
Qu'un soleil au déclin sur les bords de la plaine
Perçait d'un rayon rose. O vent ! O douce haleine !
Nous nous rappellerons que nous étions heureux.

Lorsque nous reposions dans de douces ivresses,
Oui ! c'était le bonheur, n'est-ce pas, tes caresses
Plus folles que la brise errante sous les bois?

Si le sort nous sépare, à ce temps sans alarmes
Et si rempli d'amour, nous penserons parfois...
Et le passé détruit fera couler nos larmes!

TRIOLETS

Mon Portier

A HENRI GOMMERET

Admirez donc mon pipelet
Si vous voulez voir un beau type,
Car un beau type est parfois laid ;
Admirez donc mon pipelet!
Admirez un peu, s'il vous plaît,
Son long nez sur sa courte pipe.
Admirez donc mon pipelet,
Si vous voulez voir un beau type.

Figurez-vous des bras trop courts,
Avec une jambe cagneuse,
Et des pieds longs, larges et lourds.
Figurez-vous des bras trop courts,
Une calotte de velours
Qu'habite une tête grogneuse.
Figurez-vous des bras trop courts,
Avec une jambe cagneuse.

Amant de la moralité,
Il va le dimanche à la messe.
Il surveille avec fermeté
Ce qu'on fait, hiver comme été,
Amant de la moralité.
Pour le calmer, ouvrez la caisse !
Amant de la moralité,
Il va le dimanche à la messe.

Mon portier parle poliment,
Pour le premier jour de l'année ;
Il monte dans mon logement ;

Mon portier parle poliment,
Et me fait un long compliment.
Moyennant la pièce donnée,
Mon portier parle poliment
Pour le premier jour de l'année.

VIEUX DÉVOT

A CONSTANT LAURENT

C'était dans une Église, à l'heure où, l'air profond,
Dans sa chaire parlait un curé rouge et rond.
Autour, je vis des gens tous porteurs de mamelles,
Car un homme était seul au milieu des femelles.

Que de la Trinité, le plus puissant des Dieux
Doit jouir en voyant cet être si pieux !
Car il était pieux ! Assis devant la chaire,
Il écoutait le prêtre en tenant un rosaire.

Il avait sur le crâne une calotte en drap,
Et, pour le dire net, semblait un vieux verrat ;
Car son menton, son nez, d'une manière étrange
Assemblés, empêchaient qu'on le prît pour un ange.

Quand le prêtre passa, du suisse précédé,
En tenant saintement un sac fort bien brodé,
L'homme entr'ouvrit sa bourse, et, pour des vœux intimes
Levant des yeux éteints, prit cinquante centimes.

Il les laissa tomber dans le sac du curé.
Celui-ci salua, son travail opéré,
Puis s'en alla compter, en prenant une prise,
Tous les sous mendiés pour le bien de l'Église.

On chanta. Cependant on fit près de l'autel
Mille opérations. L'orgue de l'Immortel
Par ses ronflants tuyaux appela la clémence,
Puis arriva bientôt la fin de la séance.

Lors, le vieux se leva, sa calotte à la main,
Humblement s'inclina devant un chapelain,

Puis devant une croix, près de la sacristie,
Puis devant un autel, — puis vint à la sortie.

Une femme en bonnet, près d'un triangle en fer,
Vendait des bouts de cire en disant un Pater.
Notre homme allant vers elle, en l'honneur de la Vierge
Fit brûler, pour trois sous, un mince et petit cierge.

Devant la porte était un vieux, suivant le rit,
Tout encapuchonné dans un antique habit.
Il était noir, tordu, l'œil vitreux, plein de crainte,
Et de son goupillon distribuait l'eau sainte.

Le fidèle dévot s'en imprégna les doigts,
Et, pour se conformer à de divines lois,
— C'est ainsi que l'on fait quand on sort ou qu'on entre —
Il s'en mouilla le front, les épaules, le ventre.

Enfin, tout cela fait, il poussa le battant,
Se trouva sur la place, et partit d'un pas lent.
— J'avais eu devant moi cet affligeant spectacle
D'un esprit ramolli sortant du Tabernacle.

SILHOUETTE PARISIENNE

A ERNEST D'HERVILLY

Tenez ! regardez donc, là-bas,
Ce vieillard pensif, solitaire,
Un portefeuille sous le bras ;
Vous le croiriez juge ou notaire !

Près d'un libraire, il lit, debout,
De sa poche sort sa gazette ;
Il porte, malgré le mois d'août,
Une cravate avec rosette,

Comme au bon temps du Consulat,
Long étui, d'un blanc plein d'éclat,
Qui prend du cou la base extrême,
Et qui cache le menton même.

Il sort un mouchoir à carreaux
Pour frotter avec énergie
Son nez aux noirâtres fourreaux,
La fortune de la régie !
Sur ce nez se trouvent placés
Deux verres dans l'or enchâssés ;
Avant d'entamer une étude
Il les polit, par habitude.

Il tient son chapeau dans la main,
Chapeau dont le poil récalcitre.
On dirait la peau d'un lapin
Autour d'un double décalitre.
Il est décoré ; bien des fois
En marchant il parle à mi-voix :
Il a la face bien rasée,
La redingote très usée.

Regardez-le passer, là-bas,
Vous le croiriez juge ou notaire.
Son portefeuille sous le bras :
C'est un vieil universitaire !

NINIE

A TONY REVILLON

L'ouvrière à Paris n'a qu'un faible salaire.
Rarement elle songe aux maux de l'avenir,
Et fait bien !—Sa chambrette est toujours propre et claire.

Elle est le plus souvent sous les toits. S'y tenir
Debout est difficile. Une glace ternie,
Deux chaises, lit et table, au mur un souvenir :

Voilà ce qu'on voyait où se logeait Ninie.
La cage d'un serin aussi pendait au mur
A côté des portraits de Paul et Virginie.

Quand six heures sonnaient elle ouvrait son œil pur,
Sur son lit accoudée, et sa noire prunelle,
A travers la lucarne, allait chercher l'azur.

Les oiseaux familiers chantaient leur ritournelle,
Animant chaque jour de leur couic *argentin*
Un caisson contenant lys, rose et pimprenelle.

C'est l'usage à Paris, même au quartier latin,
D'avoir sur sa fenêtre une maigre verdure
Que l'on ne manque pas d'arroser le matin.

Après avoir rêvé, malgré sa couche dure,
La fillette est debout, et devant son miroir
Tresse ses cheveux blonds sans grande procédure.

Qu'on voie un ciel limpide ou le nuage noir,
Elle prend son ouvrage où chaque main se rive
Pour ne le plus quitter avant l'ombre du soir.

***

Cependant à midi quelquefois il arrive
Qu'elle descende pour chercher son déjeuner
Chez quelque gargotier; car il faut bien qu'on vive.

A midi, dans Paris, veut-on se promener,
Il faut bien se garder des porteuses d'assiettes,
De bols pleins de bouillon, que l'on voit sillonner

La rue en tous les sens. O gentilles fillettes
Qui traversez gaiement la rue en souriant!
Vous qui savez donner aux oisillons vos miettes,

Vous n'avez pas les yeux mornes de l'Orient,
Ni la froide fadeur du visage tudesque!
Non, vous êtes, avec votre air insouciant,

Les filles de Paris au type pittoresque,
A la franche chanson qui réjouit nos toits,
Et rien qu'en vous voyant on vous aimerait presque!

***

Ninie, avec plaisir, quittait Paris parfois
Le dimanche, pour voir l'aspect de la campagne;
A Vincennes, surtout, où l'on a l'air du bois!

Vincennes, c'est si près. Une amie accompagne
Toujours une autre amie ou même un amoureux.
On déjeune sur l'herbe. Oh ! là point de champagne

Ni de mets succulents. On est assez heureux
D'un peu de viande froide et d'un peu de fromage
Arrosés de vin bleu. Qu'on soit six, qu'on soit deux,

On passe la journée à courir avec rage,
Si bien que le dimanche est un jour de repos
Qui fatigue beaucoup. Ninie, au doux ramage

Des oiseaux, souriait ; puis, aimable Atropos
Des fleurs, elle en coupait qui se fanaient bien vite.
Quand elle s'arrêtait, en de naïfs propos

Elle admirait le bois : « Quel beau lac! quel beau site!
Quel beau bois! » — Le Donjon le remplit d'artilleurs,
Si bien que chaque tronc semble être une guérite!

Pendant six jours, les rats, les moineaux piailleurs,
Du reste des repas, installés sous les branches,
Prennent leur nourriture! On s'y plaît fort, d'ailleurs.

A ces pauvres festins ; mais lorsque les dimanches
Sont passés, on revient aux longs jours de labeur
Qui se ressemblent tous, et parfois aux nuits blanches.

Et pour ce court dimanche, où l'air pur et la fleur
Font oublier le joug, que de peine on supporte !
Qu'es-tu donc devenue, ô fillette de cœur ?...

Hélas ! Ninie est loin ! Hélas ! Ninie est morte !

RENCONTRE

A CHARLES DE VILLEDEUIL

Le soir vient. Amoureux d'espace
Sans souci, passe
Jeune homme, ignorant les douleurs!
Va! jette aux brises tes pensées
Entrelacées
De rubans roses et de fleurs!

Tout est joyeux dans la nature.
On s'aventure.
Le nid chante au déclin du jour:

Le vent est tiède, on se sent vivre!
A Paris, ivre
De printemps, tu cherches l'amour!

Alors quittant des yeux la nue
Tu vois la rue
Où se promène, l'air mutin,
Une fille aux voyantes jupes
Cherchant des dupes :
En termes nets, une catin !

Près de cet astre qui te grise
Ton cœur s'irise !
Pauvre oiseau qu'on prend au miroir!
Femme souris ! Il va te suivre
Toujours plus ivre,
Des douces haleines du soir.

La fille marche, elle trottine,
Et sa bottine
Fait soupçonner un pied charmant.

Les beaux mollets qu'a la donzelle!
Tu vas vers elle
Tu voudrais être son amant!

Vois donc quelle adorable allure!
Sa chevelure
Abonde en bandeaux repliés,
Et tu songes que dénouée,
Leur folle ondée
Doit tomber jusques à ses pieds.

Tu lui parles... Allons jeune homme
C'est telle somme!
Va! c'est peu! vive le plaisir,
Et la folie et la dépense!
Mais moi je pense
Au dégoût qui va te saisir

Quand tu verras au fond du bouge,
Sans blanc ni rouge,
Un vieux visage flasque et mûr,

Tous les mensonges de la mode
Sur la commode,
Et les faux cheveux contre un mur!

LE BOIS

A ELLE

Seuls nous allions dans le chemin
Sur une colline riante
Tout en nous tenant par la main.
Seuls nous allions dans le chemin.
On aurait jusqu'au lendemain
Causé dans une douce attente.
Seuls nous allions dans le chemin
Sur une colline riante.

Le bois offrait ses rameaux verts
Et sa solitude et son ombre,
Et nos cœurs s'étaient entr'ouverts !
Le bois offrait ses rameaux verts
Et par leur feuillage couverts.
On s'assit au lieu le plus sombre.
Le bois offrait ses rameaux verts
Et sa solitude et son ombre.

Sur nos deux têtes nous voyions
L'azur du ciel et la feuillée
Où filtraient de pâles rayons.
Sur nos deux têtes nous voyions
Comme un berceau que nous aimions
Avec sa branche ensoleillée,
Sur nos deux têtes nous voyions
L'azur du ciel et la feuillée.

Te souvient-il de ce moment,
O ma maîtresse, ô mon amie ?
L'arbre frémissait sous le vent :
Te souvient-il de ce moment ?

Tressaillant près de ton amant
Tu lui paraissais endormie.
Te souvient-il de ce moment
O ma maîtresse, ô mon amie?

Je le redirai si tu veux
Ce que te contait mon délire
Quand je débouclais tes cheveux.
Je le redirai si tu veux!
Mon amour t'a fait les aveux
Que dans mes yeux tu pouvais lire.
Je le redirai si tu veux
Ce que te contait mon délire.

Nous y reviendrons dans ce bois,
Sous ces voûtes entrelacées
Où les nids chantent les beaux mois.
Nous y reviendrons dans ce bois
Qui porta l'écho de nos voix,
De notre amour, de nos pensées.
Nous y reviendrons dans ce bois,
Sous ces voûtes entrelacées.

LA NYMPHE ÉCHO

A VICTOR FOCILLON

A la grotte sacrée avec sa blanche chèvre,
L'enfant Chloé d'une timide lèvre,
Comme à quinze ans naïve, interrogeait Echo
Haut.

« *Toi, qui sais l'avenir, ô Nymphe ! aujourd'hui même,*
« *Gentille Écho, dis-moi si Daphnis m'aime !*
« *Il m'aime, réponds oui, toi que punit Junon !* »
— « *Non !* »

« *O ciel ! vilaine Écho !... Quand près de ma demeure*
« *Il dit : Veux-tu qu'à tes genoux je meure,*
« *Crois-tu qu'alors Daphnis ne m'aime pas, ainsi ?* »
— « *Si !* »

« *Pourquoi, gentille Écho, disais-tu le contraire?*
« *Il doit m'aimer et je saurai lui plaire !*
« *Il est heureux peut-être au seul bruit de mes pas ?* »
— « *Pas !* »

« *Tais-toi, méchante Écho, je ne veux plus t'entendre*
« *Ta voix fait peur ! Certes, Daphnis est tendre*
« *Je ne te croirai pas, reste au fond de ton trou.* »
— « *Hou !* »

SONNET

LES SEPT PÉCHÉS

Je t'aime malgré tout ! Dis-moi si tu le vaux ?
Car, des sept, n'as-tu pas six péchés capitaux ?
Je dis six seulement, car tu n'es pas avare,
Mais prodigue en revanche ! Et quand ton col se pare

D'or et de faux brillants, n'as-tu pas de l'orgueil ?
N'est-ce pas de l'envie, alors qu'au Bois ton œil
Poursuit un huit ressorts ? Ne veux-tu pas qu'on dise
En te voyant manger ces gâteaux : gourmandise ?

C'est par paresse, dis, qu'on se lève à midi?
Quelle colère as-tu prise l'autre mardi?
Comme elle avait troublé ta prunelle si pure!

Mais ton plus grand péché qui me donne les cieux,
En te donnant l'enfer, c'est ta folle luxure.
Vaines sont les vertus... Ce défaut te va mieux.

TRIOLETS

La Confession

A GEORGES MEUSY

La nuit venait, et sans fanal
Se trouvait la petite église
Qui de loin domine le val.
La nuit venait, et, sans fanal,
Près de son confessionnal
Le père Antoine attendait Lise.
La nuit venait, et sans fanal
Se trouvait la petite église.

Viendra-t-elle? se disait-il
En écoutant sonner l'horloge,
Car il avait un dessein vil.
Viendra-t-elle? se disait-il,
Tant pis! son minois si gentil
Fait qu'à la vertu je déroge!
Viendra-t-elle? se disait-il,
En écoutant sonner l'horloge.

Dans l'ombre il put apercevoir
Une agréable silhouette.
« Elle est, fit-il, en mon pouvoir! »
Dans l'ombre il put apercevoir
Celle qu'il attendait ce soir.
Vers le piège allait l'alouette!
Dans l'ombre il put apercevoir
Une agréable silhouette.

Près du tribunal du bon Dieu
S'agenouilla la pénitente,
Et sous sa barbe, en ce saint lieu,
Près du tribunal du bon Dieu

Riait ce moine tout en feu.
Or, dans une fervente attente,
Près du tribunal du bon Dieu
S'agenouilla la pénitente.

« *Lise, dit ce paillard, si l'or*
Brille, tu brilles davantage....
Va, dis-moi ton Confiteor.
Lise, dit ce paillard, si l'or
Est un grand bien ; tu vaux encor
Bien mieux que lui par ton jeune âge.
Lise, dit ce paillard, si l'or
Brille, tu brilles davantage. »

Il avançait lubriquement
Son vieux museau vers la donzelle
Ainsi qu'aurait fait un amant.
Il avançait lubriquement
Ses doigts empreints d'un sacrement,
Et dans un religieux zèle,
Il avançait lubriquement
Son vieux museau vers la donzelle.

Tout à coup la jeune vertu
Lui donna deux grands coups de trique.
« Lise ! ma fille, que fais-tu ? »
Tout à coup la jeune vertu
Frappa sur un crâne pointu
Qui résonna comme une brique.
Tout à coup la jeune vertu
Lui donna deux grands coups de trique.

Car Lise un jour avait pensé
D'envoyer Lucas à sa place :
Lucas était son fiancé.
Car Lise un jour avait pensé!
Longtemps au dos, moine insensé,
Du bâton tu gardas la trace,
Car Lise un jour avait pensé
D'envoyer Lucas à sa place.

TRIOLETS

LE PARDON

J'osai lui dire un jour tout bas
Ces mots séduisants : Je vous aime !
C'était la saison des lilas.
J'osai lui dire un jour tout bas,
Si bas qu'elle n'entendit pas,
Mais qu'elle devina quand même.
J'osai lui dire un jour tout bas
Ces mots séduisants : Je vous aime !

Elle rougissait. « Taisez-vous,
« Vous mentez peut-être, dit-elle. »
— « Comme votre sourire est doux! »
Elle rougissait. « Taisez-vous ! »
Mais je l'assis sur mes genoux.
— « Ah ! laissez donc cette dentelle! »
Elle rougissait. « Taisez-vous,
« Vous mentez peut-être, dit-elle :

« Allez ! vous n'êtes qu'un enfant,
« Voilà pourquoi je vous pardonne ! »
— « Madame, mon amour est grand. »
— « Allez, vous n'êtes qu'un enfant. »
Je lui pris deux baisers, et quand
J'en repris deux,... elle fut bonne :
— « Allez, vous n'êtes qu'un enfant,
« Voilà pourquoi je vous pardonne ! »

LES OISEAUX DE MA VOISINE

A JACQUES ROQUES

Petits moineaux qui, sur les toits,
Vous disputez la moindre miette,
Vous pour qui, de ses jeunes doigts,
Ma voisine a, dans une assiette,
En se levant, pétri du pain,
(Sans prendre garde, la cruelle,
Qu'à travers les fleurs son voisin
La regarde et la trouve belle!)

Petits, qui chantez le matin,
Allant d'une fenêtre à l'autre
Partout où l'on vous tend la main,
Quelle insouciance est la vôtre!

Tenez, écoutez cette voix!
J'en étais sûr, chacun piaille
Et vient sautiller sur ces toits.
— Voisine! La chemise baille...
Sapristi ! Qu'ai-je aperçu là ?
J'ai vu deux petites merveilles!
Rien n'est joli comme cela :
Deux colombes, têtes vermeilles,
Dans la dentelle ont fait leur nid...
Mais vous jetez sur moi la vue,
J'avais fait du bruit! C'est fini,
Vous vous cachez, belle ingénue!
Ma foi! voisine, c'en est trop!
Tant pis si vous êtes farouche
Je veux vous dire un petit mot
Et vous le dirai sur la bouche!

IMPIÉTÉ

A LÉON DHÉNIN

Les orgues ce jour-là, pour s'adresser à Dieu,
Remplissaient de leur chant les voûtes du vieux temple.
Tout était solennel et paré, dans ce lieu
Où des prêtres rasés doivent prêcher l'exemple.
Dans la nef on voyait des fidèles debout ;
D'autres pour leurs deux sous avaient pris une chaise :
Pour un vrai zélateur c'est bien le moindre coût.
Quelques-uns, des malins, pour être mieux à l'aise,

Recherchaient sous leurs pieds des bouches de chaleur.
Système hygiénique — au milieu de décembre —
Pour invoquer la Vierge et les saints de bon cœur ;
C'est que, dehors, le froid faisait trouver la chambre
Préférable à la rue ! Or donc plusieurs dévots
Assistaient à la messe et disaient leur prière ;
Les chantres imitaient le beuglement des veaux ;
Des prêtres en surplis tenaient une bannière.
Un gros se promenait, tout doré, dans le chœur,
En lisant. Un très grand faisait porter sa queue
Par deux enfants vêtus de rouge ; un large cœur
Étincelait en or sur sa chasuble bleue,
Près d'une croix d'Argent et d'un pigeon volant.
Ce prêtre s'appliquait à manger, puis à boire,
Pour le bien des chrétiens. Cheminant à pas lent
Deux hommes au nez rouge, auprès du saint ciboire,
Joignaient les mains. L'encens jusqu'au plus haut vitrail
Répandait dans les airs l'odeur de ces pastilles
Qu'on appelle à Paris « pastilles du sérail ».

*
* *

Moi cependant, parmi les figures gentilles
Je recherchais Clara, — car j'avais rendez-vous
Avec elle à l'église. — Ah ! c'est, je vous assure,
Un agréable endroit pour des entretiens doux :
Ces lieux sont très discrets. Toute dame en est sûre.
Donc dans le sanctuaire j'allais tout doucement,
Le gibus à la main : je cherchais une tête
Aimée. — Et puis je lus un très long mandement,
Et mis deux ou trois sous à l'immanquable quête.

*
* *

J'attendais, plein d'amour, lorsque près d'un autel
Sur lequel s'élevait une vierge en faïence,
Voilà que j'aperçois Clara. Ce corps est tel
Qu'il m'apparut un soir au milieu de la danse ;
Je connais ce ruban qu'elle met le matin
A ses cheveux, et c'est bien sa douce attitude.

Elle feint de prier la tête dans la main.
J'approche, et dis tout bas : « C'est de l'exactitude ! »
« Bonjour, abbé chéri », dit la dame aussitôt.
Ce n'était pas Clara,... ni l'abbé. « Quelle excuse,
Madame, je vous dois! » Mais dans son paletot
La dame se drapant, s'esquiva très confuse...
Quand je me retournai, je vis un œil profond.
Alors c'était Clara; cette fois plus de doutes!
Très vite nous allons vers la porte du fond,
Et le bruit d'un baiser s'envole vers les voûtes.

ÉVREUX, IMPRIMERIE DE CH. HÉRISSEY

www.ingramcontent.com/pod-product-compliance
Ingram Content Group UK Ltd.
Pitfield, Milton Keynes, MK11 3LW, UK
UKHW022127260726
13993UKWH00003B/1286